LETTRE

A MADAME

DU BOCAGE,

SUR

SA TRAGÉDIE

DES AMAZONES.

A UTRECHT.

MDCCXLIX.

LETTRE

A MADAME

DU BOCAGE,

SUR

SA TRAGÉDIE

DES AMAZONES.

Madame,

Que vous êtes heureuse ! vous faites vos amusemens, de ce qui fait l'occupation des grands hom-

A 2

mes : vous tenez dans vos mains les fleurs & les fruits : & tandis que les Singes manqués de Corneille & de Racine, courent, & fuent pour atteindre ces deux modéles, qu'on n'a encore pû imiter, & qu'ils ont l'affligeante mortification de ne les fuivre que de vûe, vous faites voir dans un eſſai, que pour peu que vous veuilliez porter votre attention dans le choix des ſujets que vous traiterez à l'avenir, vous vous éleverez ſans peine à la ſublimité de l'un, & acquerrez la délicateſſe de ſentiment de l'autre.

Le *Paradis* de *Milton*, dont vous avez enrichi la Littérature Françoiſe, nous annonçoit en vous un génie vaſte, & capable de grandes productions; ſi quelques négligences, qui s'y ſont gliſſées, ont épuiſé les traits de la Critique, on n'a pû cependant se refuser à la force & à la noblesse de l'expression, à l'harmonie de la versification, que vous avez purgée (passez-moi ce terme) de ces épithetes bousoufflées, dont nos Auteurs modernes croyent enrichir leur poësie : vous avez suivi le goût de St. *Evremond* qui dit :

> J'aime mieux les simples beautés
> Des emportemens concertés,
> Que la sublime extravagance,
> Dont je vois faire tant de cas;
> Ce merveilleux, cette excellence,
> Qu'on admire, & qu'on n'entend pas.

L'ordonnance que vous avez gardée dans l'ensemble du Poëme, fait preuve de la justesse de votre jugement. La hardiesse avec laquelle vous avez traduit un aussi excellent original, vous a fait sécouer le joug ennuyeux de la Traduction,

& brisant ses fers, qui ne sont faits
que pour les esprits médiocres :
vous avez échauffé votre version
d'un feu qui imagine, conçoit &
crée en même tems : vous seule
aussi étiez en droit d'adopter cet
enfant qui nous étoit étranger : tout
autre que vous auroit en effet ris-
qué sa perte, en lui faisant passer
la Mer.

Mais pour la composition d'un
Dramme, il faut à cet esprit vaste
joindre une grande connoissance
du cœur humain, beaucoup de jugement, pour resserrer dans l'uni-
té de tems, de lieu & d'action les
événemens les plus intéressans du
Héros qu'on met sur la Scene : c'est
là ce qu'on appelle avec raison la
pierre de touche du génie. La carriere où vous entrez, Madame, est
épineuse ; pour peu qu'on se re-

préfente que dans vingt-quatre heu-
res, dans un même lieu, toutes
les parties doivent concourir à une
cataftrophe, qui pour furprendre
& fraper le Spectateur, ne doit
point être prévue, quand il faut
pour élever l'efprit & toucher le
cœur que toutes les Scenes, pour
bien courtes qu'elles foient, ren-
ferment une expofition, un nœud,
& un dénouement ; & que l'enfem-
ble de cette même Scene foit une
action acceffoire à la principale, &
qu'elle ne ferve qu'à la faire fortir :
on ne doit point être furpris, fi l'on
voit des Génies du premier ordre
s'épouvanter de la multiplicité, &
de la févérité de ces régles, & fortir
de la carriere prefque dans le même
inftant qu'ils y font entrés. Mais
que ne peut, & que ne doit point
entreprendre l'Auteur du *Paradis*

de *Milton*? Cependant, Madame ;
vous croiriez que je vous trompe,
si je me bornois à vous louer.
Orithie fait si bien sentir à *Menalipe* que trop de zéle devient quel-
quefois suspect, qu"il n'est pas possi-
que vous ne soyez vivemenr pé-
nétrée de cette vérité : je n'ignore
pas* qu'auprès de vous trop de zéle
est un crime. Vous allez donc voir
dans votre Apologiste, un Critique
qui exercera ses traits contre les
défauts dont il a été frapé dans la
Tragédie des *Amazones* ; l'impar-
tialité sera la base, & votre estime
l'objet de ses observations. Je me
comporterai de façon que vous ne
sçaurez si vous aurez à vous plaindre, ou à vous louer de moi.

En général, Madame, votre su-

* Sçachez qu'auprès des Grands trop de zéle est un
crime.

jet n'est pas assez intéressant ; & vous avez fait courir les risques de beaucoup de ressemblances : il est trop simple, & c'est sans doute cet-simplicité, ou pour mieux dire, la disette d'événemens, qui vous a réduite à étendre beaucoup plus vos Dialogues, & à les charger de quelques épisodes, qui en ont ralenti la vivacité, principalement dans le second & troisiéme Acte.

L'épisode, vous le sçavez, Madame, fût-il paré de toutes les beautés les plus brillantes de la Poësie, figure mal ordinairement dans un Poëme, dont l'action doit faire tout le mérite.

Le Spectateur s'intéresse, ou ne s'intéresse point à l'action princi-pale ; dans le dernier cas le Poëme est manqué, & dans son principe & dans sa fin ; dans le premier, l'é-pisode fatigue le desir curieux des personnes dont on veut captiver l'attention. Nous ne souffrons qu'avec peine qu'on divertisse notre esprit du point de vûe qu'on offre à nos regards : combien l'Auteur lui-même ne hazarde-t'il point le succès de sa piéce par cette distraction épisodique ?

J'ai vû avec un plaisir, que je ne sçaurois exprimer, la précision, la justesse, & la clarté qui régnent dans le premier Acte ; peut-être même y a-t-il de l'excès : je crois avoir un peu trop prévû la castastrophe.

Vous auriez pû jetter un peu plus d'art dans le soupçon de rivalité, que l'amour d'*Orithie* lui inspire contre *Antiope*, & j'ose même avancer qu'il n'a pas paru assez fondé : cependant, Madame, je retracte d'avance mon observation, si elle porte à faux.

J'aurois voulu qu'*Orithie* eût été plus agitée des mouvemens contraires de tendreſſe, & de l'amour de l'indépendance ; peut-être alors m'auroit-elle plus attendri ſur ſa ſituation. Cette remarque, Madame, eſt juſtifiée par le grand effet qu'à produit ſon entretien avec *Théſée*, dans le quatriéme Acte.

Je vous avoue, Madame, que je n'ai pas trouvé ce Héros dans ſon vrai caractère ; il ne m'a point paru aſſez grand, & aſſez élevé : car s'il avoit rendu quelqu'autre perſonne qui l'eût moins connu qu'*Hidas*, dépoſitaire de la confidence qu'il lui fait de ſes exploits, elle auroit pû avec raiſon le ſoupçonner. Faut-il le dire enfin? il eſt Grec, & je le trouve trop Eſpagnol : d'ailleurs comment ce Héros, qui connoît, & qui ſent tout l'étendue du pouvoir de l'amour, est-il si insensible à celui de la Reine? on peut plaindre sans aimer: un cœur épris pour tout autre objet que pour celui qu'il a enflammé, accorde au moins une compassion obligeante, lorsqu'il est dans la situation critique de refuser des soupirs. *Théfée* devoit donc être plus compatissant, & moins fanfaron; il auroit par cette conduite justifié son amour, & celui d'*Antiope*.

J'ai regardé comme un chef-d'œuvre la déclaration qu'*Orithie* lui fait de son amour: l'esprit, le cœur, la décence, le titre de Reine, tout enfin y est ménagé avec une adresse digne de nos parfaits modéles.

Mais comment, après avoir parlé si profondémen le langage de la plus vive tendresse, avez-vous pû remplir avec une si noble fécondité le caractére de *Menalipe ?* c'est à un génie aussi souple que le vôtre, & qui se plie facilement à la variété des caractéres, que nous devons le plaisir d'admirer une abondance si variée : cependant, Madame, permettez-moi de dire que je l'ai trouvée un peu bornée dans *Antiope* ; je pense qu'elle céde un peu trop aisément aux transports de *Thésée*, & qu'elle auroit dû, liée par la reconnoissance qu'elle doit à *Orithie*, & par le préjugé dont elle a été alaitée, ne pas se déterminer si-tôt, en Héroïne de Cithére, à suivre son Héros. Car enfin elle est Amazone, & vous avez prétendu nous la donner pour telle.

L'Ambassadeur de *Gelon* auroit produit une situation qui nous auroit intéressés à *Antiope*, si *Orithie*

avoit un peu diffimulé, & fi elle
eût fufpendu par divers motifs de
politique, le confentement trop
précipité qu'elle donne au maria-
ge de cette Princeffe : les mœurs
de fa Nation, le foin qu'elle avoit
pris de la naiffance d'*Antiope*,
étoient des raifons plus que fuffi-
fantes pour la balancer : & enfin
les charmes d'une paix néceffaire,
auroient en favorifant fon amour
pour *Théfée*, rendu ce confentement
plus plaufible. Un peu plus d'art,
& cette Scene auroit réchauffé l'acte déja réfroidi par la lenteur des
Dialogues.

Des connoiffeurs m'ont fait fen-
tir que le refus d'*Antiope* devoit
hâter le départ de cet Ambaffa-
deur, qui revient fort mal-à-pro-
pos menacer fans ménagement la
Reine dans fon Palais : il me fem-

ble même qu'il n'a pas gardé toute la décence attachée à son caractere, & qu'on ne peut violer impunément en préfence d'une Tête Couronnée.

Antiope n'eſt qu'un très-foible reſſort dans l'enſemble; qu'elle diſparoiſſe, ou qu'elle occupe la Scene, je ne me ſens pas plus attaché à ſa préfence, qu'affligé de ſon abſence. D'ailleurs, Madame, elle eſt tellement épiſodique & hors d'œuvre, que vous ne pouviez la rendre intéreſſante, ſans faire perdre au moins autant d'intérêt à *Orithie*, qu'on en auroit pris à la premiere; & tout intérêt diviſé eſt ordinairement l'écueil d'un Poëme.

Menalipe, Madame, eſt un caractére ſoutenu dans toutes ſes parties; elle eſt autant Amazone dans ſes diſcours que dans ſes ac-

tions : je la vois par tout altérée de
fang, & par tout digne de la Cou-
ronne qu'*Orithie* lui laiffe pour hé-
ritage. Son Dialogue avec *Thefée*
mérite de trouver place dans les dé-
tails les plus travaillés de *Corneille* ;
& je fuis affuré qu'il fe feroit gloi-
re de l'avoir produit. Toutes les
beautés, foit pour la fituation, foit
pour l'élégance du ftyle, foit pour
la délicateffe du fentiment, pour
la liberté de la verfification, foit
enfin pour l'énergie de l'expreffion
fe fuivent fi rapidement dans le
quatriéme Acte, qu'il m'a été im-
poffible d'en retenir..... Cependant
un défaut de mémoire fi marqué
tiendroit un peu de l'affectation. Je
me rappelle les Vers fuivans avec
tant de plaifir, que je ne puis m'em-
pêcher de leur donner une place
dans cette Lettre,

La

PREMIER ACTE.

SECONDE SCENE.

ORITHIE dit:

Les Mortels dont le front est ceint du Diadême
Ne connoissent de loi que leur pouvoir suprême,
Souvent jugeant à tort de leurs motifs secrets,
De la plus juste cause, on blâme les effets.
Nous devons mépriser la censure publique,
Et dans tous ses détours suivre la politique;
Sa prudence inconnue aux vulgaires humains,
Par un crime apparent prévient des maux cer-
tains.

Ceux de la troisiéme Scene du même Acte n'ont pas été moins applaudis.

ORITHIE.

Je le croyois ainsi, mais hélas! la grandeur
Ne sert qu'à soutenir les caprices du cœur;
Confiante en sa force, ignorant les contraintes,
Ses desirs véhémens triomphent de ses craintes,
Et les réflexions d'un grand cœur amoureux,
Autorisent son choix & nourrissent ses feux.

Le Vers que *Théſée* répond dans le ſecond Acte à *Hidas*, ſon confident, eſt d'autant plus beau qu'il eſt ſimple : il lui dit, parlant de la mort :

A force de la voir, ſans crainte on l'enviſage.

Celui qu'*Orithie* dit à *Menalipe*, en parlant des Loix, n'a pas été reçû moins favorablement du Public.

Leurs leçons & les Dieux ſont les guides des Rois.

Son couplet dans la troiſiéme Scene du troiſiéme Acte eſt travaillé : elle dit à *Antiope*.

Pour le bonheur du Peuple on établit les Loix,
Mais le beſoin préſent change ou reſtraint leurs droits ;
L'œil du Légiſlateur n'a pû voir la meſure
Des divers intérêts de la race future :
Souvent le mal prévû nous arrive le moins,
Et d'autres accidents y exigent d'autres ſoins.

La réponse que *Théfée* fait à *Orithie* dans le cinquéme Acte, amene un Vers qui peint expreffivement l'ingratitude : *Orithie* lui dit :

> Ah ! que ce trait flatteur peint bien un cœur
> ingrat !

J'ai apperçû une certaine gêne dans les refforts qui meuvent le cinquiéme Acte ; ils ne jouent pas avec la même aifance que les autres , ce qui a altéré un peu l'effet que devoit produire la cataftrophe : j'en devine la caufe. Vous avez craint fans doute de vous rencontrer avec *Ariane* ; mais, Madame, vous deviez vaincre cette délicateffe trop fcrupuleufe. Le départ d'*Enée* dans *Didon* a-t'il moins de fuccès , quoiqu'il foit précédé de celui de *Théfée* dans *Ariane*,

B 2

La méprise de *Menalipe* auroit eû tout le succès que vous pouviez vous promettre, si *Théfée* ne l'eût point annoncée. Il falloit que le premier récit fût succédé d'un récit de cinq à six Vers, fait par une Confidente, qui auroit mis en plein jour l'erreur de *Menalipe* ; & *Théfée* qui l'auroit suivie de près, n'auroit pas été regardé comme un homme qui revient par un miracle à la vie : les événemens ainsi entaffés auroient remué les Spectateurs.

Je suis mortifié qu'à la nouvelle de la mort de *Théfée*, *Antiope* & *Orithie* ne se livrent pas plus vivement aux transports d'une perte semblable : toutes deux également intéreffées, ne devroient-elles pas donner à leur cœur un essors d'autant plus libre, que ce Héros immolé par *Menalipe*, ne peut plus jouir de leur foiblesse?

J'oubliois de vous dire, Madame, que la chute du second Acte est trop détachée ; elle laisse un vuide insuportable : quelques Vers de plus, animés d'une pensée, ou d'une maxime qui sortît du fond du sujet, le fermeroient plus heureusement.

Que résulte-t-il donc de cette Critique, qui paroît d'abord d'une amertume insuportable ? Qu'il est fort peu d'Auteurs dont le style soit aussi aisé & aussi élégant ; que le sujet du Poëme a été traité avec une agréable sublimité, à quelques négligences près ; que l'ordonnance en est judicieuse & exacte ; que l'on doit regretter les ornemens d'un cadre qui contient un tableau si simple, que ce coup d'essai fait

fur un fujet plus fertile en événemens , auroit pû paffer pour un
coup de maître : que le Théâtre
regretteroit à jamais cette perte ,
fi vous vous atrêtiez au commen-
cement de votre carriere ; que vé-
ritablement créatrice de votre verfification , elle n'appartient à per-
fonne : & qu'ainfi , par la facilité,
les agréables inverfions, & les pen-
fées neuves qui y régnent, l'on voit
en vous les heureux germes du ta-
lent le plus fupérieur. J'ofe éfpérer,
Madame , qu'élevée comme vous
l'êtes au-deffus des foibleffes de votre Sexe, & que fourde à la voix
d'un amour-propre mal entendu ,
vous ne prendrez point occafion de
vous indifpofer contre moi , de
l'exactitude de ma critique.

L-éloge eft ordinairement fuivi
d'une fadeur qui dégoûte les per-

fonnes , qui comme vous, favent penfer. Un zéle indifcret vous offen-feroit fans doute : je fuis perfuadé que votre eftime fera plutôt le prix de ma Critique, que de l'apologie que je pourrois faire de vos Ouvra-ges. Je vous la demande, Madame, avec autant de fincérité que vous pouvez en avoir trouvé dans ces Ob-fervations, que je vous prie d'agréer comme une marque diftinguée du refpect qui vous eft dû, & avec le-quel, je fuis,

M A D A M E,

Votre &c.

www.ingramcontent.com/pod-product-compliance
Ingram Content Group UK Ltd.
Pitfield, Milton Keynes, MK11 3LW, UK
UKHW022242070726
13613UKWH00005B/2066